**LECTURES CLE EN FRANÇAIS FACILE**

D0756142

# Autour de la Lune

## Jules Verne

Adapté en français facile
par Brigitte Faucard-Martinez

CLE
INTERNATIONAL

<u>Jules Verne</u> naît le 8 février 1828 à Nantes. Vingt ans plus tard, il s'installe à Paris pour commencer ses études de droit et suivre la tradition familiale : son père est en effet un célèbre avocat. Mais Jules Verne n'a qu'une idée en tête : écrire.

Il commence par le théâtre et, grâce à sa rencontre avec Alexandre Dumas, sa comédie *Les Pailles rompues* peut être jouée.

Tout en continuant à travailler pour le théâtre, Jules Verne écrit ses premiers romans. En 1862, il publie *Cinq semaines en ballon*. Cette œuvre connaît immédiatement un grand succès.

Encouragé par ces résultats, Jules Verne ne cesse alors de travailler. *Les Aventures du capitaine Hatteras* (1864), *Les Enfants du capitaine Grant* (1867-1868), *Vingt mille lieues sous les mers* (1870), *Le Tour du monde en quatre-vingts jours* (1873), *Un capitaine de quinze ans* (1878), *Deux ans de vacances* (1888) et bien d'autres romans sont publiés pour la grande joie de ses lecteurs.

Il meurt à Amiens le 24 mars 1905.

\* \* \*

Pour écrire ses romans, Jules Verne, qui a été le premier écrivain à publier des romans scientifiques en France, se met à étudier toutes sortes de sujets : la géographie, la physique, les mathématiques... En réalité, tout le passionne.

Particulièrement intéressé par les problèmes d'aéronautique, il fonde en 1862 avec Nadar[1] une Société pour la recherche de la navigation aérienne. Cela lui inspire les romans *De la Terre à la Lune* (1865) et *Autour de la Lune* (1870), entre autres.

Dans ces romans, la fiction scientifique atteint son point le plus haut, mais l'humour n'est pas laissé de côté grâce au sympathique personnage de Michel Ardan. Ce dernier représente en fait Nadar, que Jules Verne aime beaucoup, puisque son nom est l'anagramme[2] du célèbre photographe.

---

1. Nadar : Félix Tournachon, dit Nadar (1820-1910). Photographe, aéronaute, dessinateur et écrivain.
2. Anagramme : mot obtenu en changeant de place les lettres d'un autre mot.

Les mots ou expressions suivis d'un astérisque* dans le texte sont expliqués dans le Vocabulaire, page 55.

*P*ENDANT L'ANNÉE 186., une expérience scientifique originale va émerveiller le monde entier. Les membres du Gun-Club, cercle[1] d'artilleurs[2], ont l'idée de se mettre en communication avec la Lune – oui, avec la Lune –, en lui envoyant un boulet[3]. Le président du club, Barbicane, prend toutes les mesures nécessaires pour réussir ce projet.

Lancé le 1er décembre, à onze heures moins treize minutes et vingt secondes du soir, le boulet doit rencontrer la Lune quatre jours plus tard, à minuit précis.

Les principaux membres du Gun-Club, le président Barbicane, le secrétaire J.-T. Maston et d'autres savants se réunissent souvent pour réfléchir à tous les détails qui vont permettre la réussite de l'envoi du boulet.

Ils se sont enfin mis d'accord sur beaucoup de

---

1. Cercle : groupe.
2. Artilleur : militaire qui s'occupe du matériel de guerre (canons, obus...).
3. Boulet : projectile rond, en métal, que l'on met dans les canons.

points, quand survient un incident qui augmente l'intérêt que provoque cette grande aventure.

Un aventurier français, nommé Michel Ardan, arrive en Amérique, se présente au Gun-Club et propose au président Barbicane et au capitaine Nicholl de s'embarquer avec eux dans le projectile[1].

La proposition est acceptée. On modifie la forme du boulet et on lui donne une forme allongée. On garnit cette sorte de wagon aérien[2] de cloisons[3] pour rendre le choc du départ moins brutal. On y met des aliments pour un an, de l'eau pour quelques mois, du gaz pour quelques jours. Un appareil automatique fabrique et donne l'air nécessaire à la respiration des trois voyageurs.

En même temps, le Gun-Club fait construire sur l'un des plus hauts sommets des montagnes Rocheuses un gigantesque télescope* qui permet de suivre son trajet à travers l'espace.

Tout est prêt, la grande aventure peut commencer.

---

1. Projectile : objet qu'on lance avec une arme.
2. Aérien : qui est dans l'air.
3. Cloison : mur intérieur.

## CHAPITRE I

*L*E 1er DÉCEMBRE, quand dix heures sonnent, Michel Ardan, Barbicane et Nicholl font leurs adieux aux nombreux amis qu'ils laissent sur Terre. Les deux chiens qui les accompagnent sont déjà dans le projectile. Les trois voyageurs entrent à leur tour. Nicholl ferme l'ouverture avec une plaque maintenue par de puissantes vis. D'autres plaques recouvrent les verres des hublots[1]. Les voyageurs, enfermés dans leur prison de métal, sont alors dans une obscurité profonde.

– Et maintenant, mes chers compagnons, dit Michel Ardan, faisons comme chez nous. Installons-nous le plus confortablement possible dans notre nouveau logement. D'abord, essayons d'y voir un peu plus clair. Allons donc ! le gaz n'a pas été inventé pour les taupes[2] !

Puis Michel Ardan frotte une allumette et l'approche d'une lampe à gaz qui s'allume aussitôt.

---

1. Hublot : petite fenêtre, généralement ronde, des navires et des avions de transport.
2. Taupe : petit animal qui vit sous terre, dans l'obscurité.

Le projectile ainsi éclairé montre une chambre confortable.

Michel Ardan examine tout et se déclare satisfait.

– C'est une prison, dit-il, mais une prison qui voyage, et nous avons le droit de mettre le nez à la fenêtre.

Pendant qu'il parle ainsi, Barbicane et Nicholl font leurs derniers préparatifs. Puis Barbicane regarde son chronomètre* et dit :

– Mes amis, il est dix heures vingt. À dix heures quarante-sept, nous quitterons la Terre. Le grand moment va donc bientôt arriver. Tout est en place dans le wagon. Il faut maintenant décider comment nous nous placerons pour supporter le choc du départ. Il faut surtout empêcher que le sang ne nous monte trop vite à la tête.

– C'est vrai, dit Nicholl.

– Alors, propose Michel Ardan qui aime plaisanter, mettons-nous la tête en bas et les pieds en haut, comme les clowns des cirques !

– Non, répond Barbicane, mais couchons-nous sur le côté. Ainsi, nous résisterons mieux au choc.

Chacun termine son installation puis, comme le moment du départ approche, Barbicane annonce :

– Préparons-nous. Une poignée de main, mes amis !

Les trois courageux compagnons se serrent la

main avec émotion, puis Michel Ardan et Nicholl vont s'allonger sur les couchettes[1] placées au centre du boulet.

– Dix heures quarante-sept ! murmure Nicholl.

Vingt secondes encore ! Barbicane éteint rapidement le gaz et se couche près de ses compagnons.

Soudain, un terrible choc se produit et le projectile s'élève dans l'espace.

---

1. Couchette : lit.

## CHAPITRE II

*L'*OBSCURITÉ EST PROFONDE dans le boulet qui voyage maintenant dans l'espace sans aucun problème. Ses parois ont bien résisté au choc et tout est en bon état. Et les trois compagnons ? Respirent-ils encore ? Ce projectile est-il devenu un cercueil[1] de métal, emportant trois cadavres[2] dans l'espace ?...

Quelques minutes après le départ du boulet, un des corps fait un mouvement ; ses bras s'agitent, sa tête se redresse, et il parvient à se mettre sur les genoux. C'est Michel Ardan. Il se palpe[3] et dit :

– Michel Ardan, complet. Voyons les autres !

Il veut se lever ; mais il ne peut pas tenir debout. Il est comme un homme ivre[4].

– Brr ! dit-il. Cela produit le même effet que deux bouteilles de vin.

Puis, passant plusieurs fois sa main sur son front, il crie d'une voix forte :

– Nicholl ! Barbicane !

---

1. Cercueil : longue caisse dans laquelle on met le corps d'un mort.
2. Cadavre : corps mort.
3. Se palper : s'examiner en se touchant avec les mains.
4. Ivre : qui a bu trop d'alcool.

Pas de réponse. Il recommence à appeler. Même silence.

Ardan parvient enfin à se lever. Il allume la lampe à gaz et se penche sur les corps de ses compagnons. Ils n'ont aucune réaction.

Michel redresse Nicholl et commence à le frictionner[1]. Nicholl ouvre bientôt les yeux et saisit la main d'Ardan. Puis, regardant autour de lui :

– Et Barbicane ? demande-t-il.

– Chacun son tour, répond tranquillement Michel. J'ai commencé par toi, Nicholl ; passons maintenant à Barbicane.

Ardan et Nicholl soulèvent le président du Gun-Club, le déposent sur un divan et commencent à le frictionner. Mais Barbicane est plus lent à se réveiller. Ses amis sont inquiets et continuent à le frictionner avec de plus en plus de force. Barbicane ouvre enfin les yeux. Il se redresse, prend la main de ses deux amis et demande :

– Nicholl, avançons-nous ?

Nicholl et Ardan se regardent. Ils n'ont pas encore pensé au projectile. Leur première préoccupation a été pour les voyageurs, non pour le boulet.

– Au fait, avançons-nous ? répète Michel Ardan.

Il est difficile de répondre à cette question car

---

1. Frictionner : frotter avec force différentes parties du corps.

le boulet semble immobile. Cependant, quelque chose étonne Barbicane : la température à l'intérieur du boulet est très élevée. Le président prend un thermomètre* et le consulte. Il marque quarante-cinq degrés centigrades.

– Oui ! s'écrie-t-il alors. Oui ! nous progressons ! Cette forte chaleur va bientôt diminuer parce que nous flottons dans le vide.

– Quoi ? demande Michel Ardan. Selon toi, Barbicane, nous sommes maintenant hors des limites de l'atmosphère terrestre[1] ?

– Sans aucun doute, Michel. Mais voyons où nous en sommes, dit Barbicane, et enlevons les plaques qui recouvrent les hublots.

Ils retirent facilement la plaque du hublot de droite et regardent dehors. Ils ne voient rien ; une totale obscurité enveloppe le projectile, mais cela n'empêche pas Barbicane de s'écrier :

– Oui, mes amis ! nous montons dans l'espace ! Voyez ces étoiles qui brillent dans la nuit, et cette obscurité qu'il y a entre la Terre et nous !

– Hourra ! Hourra ! s'écrient ensemble Michel Ardan et Nicholl.

Et ils se mettent à contempler tous les trois les étoiles qui se détachent en points brillants sur le fond noir du ciel.

– Et la Lune ? demande Michel Ardan.

---

1. Atmosphère terrestre : couche d'air qui enveloppe la Terre.

– Nous ne pouvons pas la voir de ce côté, répond Barbicane. Ouvrons l'autre hublot.

Au moment où Barbicane va quitter le hublot pour ouvrir l'autre, son attention est attirée par un objet brillant qui s'approche. C'est un disque énorme. Il s'avance à grande vitesse et semble décrire autour de la Terre une orbite* qui coupe la trajectoire[1] du projectile.

– Eh ! s'écrie Michel Ardan, qu'est-ce que c'est ? Un autre projectile ?

Barbicane ne répond pas. L'apparition de ce corps énorme le surprend et l'inquiète. Une rencontre est possible qui peut avoir de terribles conséquences. L'objet grossit énormément et il semble que le projectile se précipite vers lui.

– Mille dieux ! s'écrie Michel Ardan, nous allons nous cogner contre lui !

Instinctivement, les voyageurs se jettent en arrière. Ils sont pâles de frayeur mais leur peur ne dure que quelques secondes. L'objet passe à plusieurs centaines de mètres du projectile et disparaît bientôt.

– Bon voyage ! s'écrie Michel Ardan en poussant un soupir de satisfaction. Comment ! Un pauvre petit boulet ne peut donc pas se promener tranquillement dans l'espace !

Le danger étant passé, Barbicane commence à

---

1. Trajectoire : ligne que décrit dans l'espace un projectile après avoir été lancé.

retirer la plaque qui cache l'autre hublot. La Lune éclaire alors l'intérieur du projectile d'une brillante lumière. Les trois hommes restent sans voix devant un tel spectacle et observent, émerveillés, l'astre* des nuits, but final de leur voyage. Puis, se tournant vers ses compagnons, Michel Ardan dit :

– Je veux revoir la Terre car bientôt elle va disparaître à nos yeux.

Barbicane retire alors la plaque de la fenêtre qui se trouve au fond du projectile. Michel se met à genoux sur la vitre. Elle est sombre.

– Eh bien, s'écrie-t-il, et la Terre ?

– La Terre, dit Barbicane, la voilà.

– Quoi ? dit Ardan, ce croissant argenté[1] ?

– Sans doute, Michel. Dans quatre jours, la Terre sera nouvelle. Elle ne nous apparaîtra plus que sous la forme d'un croissant qui ne tardera pas à disparaître, et alors elle sera plongée pendant quelques jours dans le noir.

Nos amis regardent longtemps le croissant de Terre puis de nouveau la Lune. Mais, soudain, ils se sentent très fatigués et comprennent que c'est une réaction à cette longue journée pleine d'émotions. Ils décident donc d'aller dormir et s'étendent sur leur couchette. Ils s'endorment bientôt tous les trois d'un profond sommeil.

---

1. Argenté : qui a la couleur de l'argent.

## CHAPITRE III

*M*AIS LE SOMMEIL DES TROIS VOYAGEURS ne dure pas longtemps. Vers sept heures du matin, le 2 décembre, un bruit inattendu les réveille.

Ce bruit est un aboiement.

– Les chiens ! s'écrie Michel Ardan en se levant d'un bond.

– Ils ont faim, dit Nicholl.

– Mon Dieu, nous les avons oubliés !

Michel se dépêche de leur donner à manger puis les trois hommes décident de déjeuner, car eux aussi ont très faim.

C'est Michel Ardan qui prépare le repas.

En entrée, les voyageurs dégustent un bouillon bien chaud. Comme plat principal, Michel Ardan sert de la viande accompagnée de légumes. Et, pour finir, les trois amis boivent quelques tasses de thé.

Ensuite, Michel Ardan sort une bouteille de vin et les voyageurs boivent, joyeux, pour fêter l'union de la Terre avec son satellite*.

À ce moment précis, le projectile sort de la zone d'ombre projetée par la Terre et les rayons du Soleil entrent dans le boulet par le hublot inférieur[1].

– Le Soleil ! s'écrie Michel Ardan. Que c'est bon de le revoir !

Après un moment de repos, les trois amis décident d'aller vérifier si les vivres[2] apportés dans le boulet n'ont pas souffert du choc du départ.

Tout est en bon état et les hommes calculent qu'ils ont une réserve d'eau et d'aliments pour deux mois à peu près.

Puis ils vont examiner les instruments. Les thermomètres et les baromètres* ont également bien résisté au choc.

Tout est donc parfait et, à la fin de l'inspection, chacun se sent satisfait.

Les trois amis se remettent à observer l'espace par les fenêtres latérales[3] et à travers le hublot inférieur[3].

Ils ne peuvent détacher leur regard du spectacle qui s'offre à eux : tout le firmament* avec ses étoiles et ses constellations* ; d'un côté, le Soleil, disque lumineux qui se détache sur le fond noir du ciel ; de l'autre côté, la Lune à la couleur argentée ; puis une tache qui semble trouer[4] le ciel : la Terre.

---

1. Inférieur : qui est en bas, au-dessous.
2. Vivres : aliments.
3. Latéral : qui est sur le côté.
4. Trouer : faire un trou.

Les trois hommes sont émerveillés et ne cessent de faire des commentaires sur ce qu'ils voient. Barbicane décide de commencer le récit de son voyage en décrivant tout ce qu'il observe et il se met aussitôt au travail.

La journée se termine par un délicieux souper. Puis les trois compagnons, heureux, pleins d'espoir et presque sûrs de la réussite de leur aventure, s'endorment paisiblement tandis que le projectile continue son chemin dans le ciel.

## CHAPITRE IV

*L*ES JOURS PASSENT et le voyage se poursuit
sans problème. Le 5 décembre, dès cinq
heures du matin, les trois amis se lèvent.
C'est le dernier jour de leur voyage, si les calculs
sont exacts. Ce soir, à minuit, au moment précis
de la pleine lune, ils doivent atteindre l'astre des
nuits.

Dès le matin, à travers les hublots, ils saluent
la Lune d'un joyeux hourra.

D'après ses propres observations, Barbicane
calcule qu'ils vont l'accoster[1] par son hémisphère* nord, là où s'étendent d'immenses plaines.

La réussite d'une telle opération semble
donc possible. Cependant, quelque chose pré-
occupe Barbicane ; mais, ne voulant pas inquié-
ter ses compagnons, il garde le silence sur ce
sujet.

En effet, la direction que le projectile suit vers
l'hémisphère nord de la Lune est légèrement
changée. Le tir devait porter le boulet au centre
même de la Lune. S'il n'y arrive pas, cela signifie

1. Accoster : se mettre bord à bord.

qu'il y a eu une déviation[1]. Qu'est-ce qui l'a produite ? Voilà la question que Barbicane se pose. Mais, ne pouvant donner de réponse, il préfère continuer à observer la Lune sans rien dire de ses inquiétudes.

Cependant, les voyageurs ne cessent d'observer ce monde nouveau qu'ils vont bientôt pouvoir examiner de plus près. Ils prennent des notes sur tout ce qu'ils voient et font toutes sortes de commentaires. Nicholl pose soudain une question qui ne trouve pas de solution immédiate.

– Ah ça ! dit-il, c'est très bien d'aller sur la Lune, mais comment allons-nous en revenir ?

Ses deux compagnons se regardent d'un air surpris.

– Que voulez-vous dire, Nicholl ? demande Barbicane.

– Demander comment revenir d'un pays, ajoute Michel, alors qu'on n'y est pas encore arrivé, me paraît étrange.

– Je ne dis pas cela pour faire marche arrière, dit Nicholl. Je veux uniquement savoir comment nous allons revenir.

– Je n'en sais rien, répond Barbicane.

– Et moi, dit Michel, j'y vais justement pour savoir comment en revenir !

---

1. Déviation : le fait de prendre une direction qui n'est pas celle qui était définie au début.

– Ça, c'est une réponse, s'écrie Nicholl.

– Je suis d'accord avec ce que dit Michel, déclare Barbicane, et j'ajoute que la question n'a aucune importance pour le moment. Plus tard, quand il faudra revenir sur la Terre, nous essayerons de la résoudre.

– Maintenant que je ne suis pas sûr de revenir de la Lune, dit Nicholl d'un ton sec, je veux savoir ce que nous allons y faire.

– Ce que nous allons y faire ? répond Barbicane en frappant du pied. Je n'en sais rien !

– Tu n'en sais rien ! s'écrie Michel avec un hurlement[1] qui résonne dans le projectile.

– En effet, je n'en sais rien, crie Barbicane.

– Eh bien, je le sais, moi, répond Michel.

– Parle donc, alors ! crie Nicholl qui semble ne pas pouvoir contrôler le ton de sa voix.

– Je parlerai si j'en ai envie, s'écrie Michel en saisissant avec violence le bras de Nicholl.

– Tu dois parler, crie Barbicane en levant la main comme s'il voulait le frapper. C'est toi qui nous as entraînés dans ce voyage et nous voulons savoir pourquoi !

– Oui ! dit Nicholl, maintenant que je ne sais pas où je vais, je veux savoir pourquoi j'y vais !

– Pourquoi ? répète Michel en faisant un saut d'un mètre. Pourquoi ? Pour prendre possession

---

1. Hurlement : cri très fort.

de la Lune. Pour voir si les Sélénites[1] sont plus civilisés[2] que nous.

— Et s'il n'y a pas de Sélénites ? demande Nicholl.

— Qui dit qu'il n'y a pas de Sélénites ? s'écrie Michel d'un ton dur.

— Moi ! hurle Nicholl.

— Capitaine, dit Michel, cesse de dire des stupidités ou je ne sais pas ce que je vais te faire.

Les deux hommes vont se jeter l'un sur l'autre et cette étrange discussion devient violente. Heureusement, Barbicane dit à ce moment-là, en se plaçant entre ses deux compagnons :

— Arrêtez, malheureux, s'il n'y a pas de Sélénites, eh bien, ce n'est pas si grave !

C'est alors que les trois compagnons ont une drôle de sensation. Ils ont l'impression d'être ivres et que leurs poumons sont en feu. Puis ils tombent sans mouvement sur le sol du projectile.

Que s'est-il passé ? Quelle est la cause de cette ivresse qui peut avoir des conséquences mortelles ? Elle est due à une simple étourderie[3] de Michel, que Nicholl peut, heureusement, arranger à temps.

Après quelques minutes d'inconscience[4], le

---

1. Sélénites : on pensait autrefois que les Sélénites étaient les habitants de la Lune.
2. Civilisé : qui n'est pas sauvage.
3. Étourderie : oubli dû à un manque d'attention.
4. Inconscience : perte de connaissance.

capitaine peut à nouveau bouger. Il a déjeuné deux heures avant, mais il ressent une faim terrible. Il se relève et demande à Michel de lui préparer quelque chose à manger. Michel, inconscient, ne répond pas. Nicholl décide alors de se préparer du thé et quelques sandwiches. Il frotte une allumette pour faire du feu. À sa grande surprise, le soufre[1] se met à briller d'un éclat extraordinaire qui éblouit[2] presque. De la lampe qu'il allume sort une flamme qui éclaire énormément.

Tout devient alors clair dans son esprit.

– L'oxygène ! s'écrie-t-il.

Et, se penchant sur l'appareil à air, il voit que le robinet laisse échapper ce gaz incolore, sans odeur, indispensable à la vie, qui, à l'état pur, produit de très graves troubles à l'intérieur du corps. Par étourderie, Michel a ouvert en grand le robinet de l'appareil !Nicholl se dépêche de le fermer. Une heure après, l'air ne brûle plus les poumons. Peu à peu, les trois amis se sentent moins ivres.Quand Michel apprend qu'il est responsable de cet incident, il ne se sent pas vraiment coupable. Beaucoup de bêtises ont été dites à cause de l'ivresse due au gaz et les trois hommes sont même devenus méchants et coléreux pendant un moment ; mais tout est vite oublié et ils finissent par rire de cette histoire.

---

1. Soufre : bout rouge qui se trouve sur les allumettes.
2. Éblouir : briller très fort, jusqu'à faire mal aux yeux.

## CHAPITRE V

*L*E PROJECTILE SE RAPPROCHE de la Lune. Mais au fur et à mesure qu'il avance, les trois hommes se rendent compte qu'il ne va pas pouvoir se poser sur elle comme prévu. Les inquiétudes de Barbicane augmentent quand il voit son boulet résister aux influences de la gravitation*. Il décide de parler de ce qui se passe.

– Ainsi, nous nous sommes écartés de notre route ? demande Michel. Mais pourquoi ?

– Au moment du lancement du projectile, nous avons sûrement fait une légère erreur de calcul qui a suffi à nous jeter hors de l'attraction[1] de la Lune.

– On a mal visé[2] ? questionne Michel.

– Je ne crois pas, répond Barbicane. Tout a été bien calculé et nous devions atteindre sans problème la Lune. Il y a une autre raison, mais j'ignore laquelle. La seule chose que je sais, c'est que nous avons été déviés.

– Par qui ? Par quoi ? demande Nicholl.

---

1. Attraction : ici, force par laquelle la Lune attire vers elle.
2. Viser : diriger un objet vers le but à atteindre avant de le lancer.

– Je n'ai pas de réponse à te donner, mon ami, mais je cherche.

Les heures passent. Le projectile se rapproche toujours de la Lune, mais il est désormais certain qu'il ne va pas l'atteindre.

– Je souhaite une chose, déclare Michel. Passer assez près de la Lune pour découvrir ses secrets.

– Maudite[1] soit alors la cause qui a fait dévier notre projectile ! s'écrie Nicholl.

– Maudit soit alors, répond Barbicane – comme si une idée venait soudain de traverser son esprit –, maudit soit le bolide* que nous avons rencontré en route !

– Hein ! dit Michel Ardan.

– Que voulez-vous dire ? s'écrie Nicholl.

– Que notre déviation est uniquement due à la rencontre avec le bolide ! dit Barbicane.

– Mais il ne nous a pas touchés, répond Michel.

– Peu importe. Sa masse, comparée à celle de notre projectile, était énorme, et son attraction a suffi à modifier notre direction.

– De si peu ! précise Nicholl.

– Oui, Nicholl, mais sur une distance de quatre-vingt-quatre mille lieues[2], c'est suffisant pour ne pas pouvoir se poser sur la Lune.

---

1. Maudit soit quelque chose : que cette chose soit détestée.
2. Lieue : mesure de distance ; environ quatre kilomètres.

## CHAPITRE VI

*I*NUTILE DE DIRE que pendant cette nuit du 5 au 6 décembre, les voyageurs ne prennent pas un instant de repos. Ils ne veulent qu'une chose : voir ! Ils vont silencieusement d'un hublot à l'autre. Leurs observations, sous la responsabilité de Barbicane, sont menées avec le plus de précision possible. Pour les faire, ils ont des lunettes*. Pour les contrôler, ils ont des cartes.

Le projectile est entraîné vers l'hémisphère nord. Les voyageurs sont loin de ce point central qu'ils devaient atteindre si leur trajectoire n'avait pas été modifiée.

Il est minuit et demi. Le projectile se trouve alors, non à la hauteur de l'équateur*, mais au niveau du dixième parallèle*, et, depuis cette latitude*, Barbicane et ses deux compagnons peuvent observer la Lune dans les meilleures conditions.

– Mes amis, annonce alors Barbicane d'une voix grave, je ne sais pas où nous allons, je ne sais pas si nous reviendrons un jour sur la Terre. Cependant, il faut travailler comme si ces travaux allaient servir un jour à nos semblables. Oublions tous nos problèmes. Nous sommes des astronomes\*. Observons.

– Que voyons-nous en ce moment ? demande Michel.

– La partie septentrionale[1] de la mer des Nuées, répond Barbicane.

Le projectile continue sa route et soudain une montagne rayonnante de beauté apparaît.

– C'est ... ? demande Michel.

– Copernic, répond Barbicane.

---

1. Septentrional : situé au nord.

À une heure du matin, le projectile domine cette montagne superbe.

Le projectile avance toujours à une vitesse régulière. Les voyageurs ne prennent pas un instant de repos. Ils veulent tout voir, tout noter.

Vers une heure et demie du matin, ils aperçoivent les sommets d'une autre montagne. Barbicane reconnaît Ératosthène.

Les trois voyageurs ne cessent d'observer et de prendre des notes.

Vers quatre heures du matin, au niveau du cin-

quantième parallèle, ils voient, sur la gauche, une ligne de montagnes dessinées en pleine lumière. Vers la droite, par contre, il y a un grand trou noir.

– Ce trou, c'est le lac Noir, c'est Platon, explique Barbicane. Malheureusement, nous ne pouvons pas nous arrêter pour l'examiner.

À six heures du matin, le pôle* lunaire apparaît. Le disque n'offre plus aux yeux des voyageurs qu'une moitié éclairée tandis que l'autre disparaît dans les ténèbres[1].

Soudain, le projectile dépasse la ligne de démarcation[2] entre la lumière intense et l'ombre absolue[3], et est brusquement plongé dans une nuit profonde.

---

1. Ténèbres : obscurité.
2. Ligne de démarcation : ce qui sépare nettement deux choses.
3. Absolu : total, complet.

## CHAPITRE VII

*A*U MOMENT OÙ SE PRODUIT CE PHÉNOMÈNE, le projectile passe à moins de cinquante kilomètres du pôle nord de la Lune. Quelques secondes lui ont donc suffi pour se plonger dans les ténèbres absolues de l'espace.

– La Lune a disparu ! s'écrie Michel Ardan.

En effet, aucun reflet, aucune ombre. On ne voit plus la Lune. L'obscurité est complète. À l'intérieur du boulet, elle l'est aussi. Les trois compagnons doivent donc allumer les lampes, mais faiblement pour ne pas risquer de vider les réserves de gaz.

– Bon ! dit Michel Ardan, maintenant que nous y voyons quelque chose, déjeunons. Après une nuit entière d'observation, il faut bien reprendre des forces.

Cette proposition est aussitôt acceptée mais le repas est un peu triste car les voyageurs se demandent avec inquiétude ce qui va leur arriver.

Leur déjeuner terminé, ils retournent à leur poste d'observation. Ils essaient de voir à travers les sombres hublots, mais pas un seul rayon lumineux ne traverse l'obscurité.

Il est huit heures du matin, le 6 décembre, et les trois hommes se demandent où ils se trouvent. Près de la Lune, sans aucun doute, mais ils ne peuvent évaluer la distance qui les en sépare. Aucun point de repère ne leur permet de connaître la direction et la vitesse du projectile. Mais ce qui est sûr, c'est qu'il continue à avancer.

Les observations sont devenues très difficiles à travers les hublots, car la température extérieure a énormément baissé depuis que les voyageurs sont dans la zone d'ombre, et l'humidité intérieure se condense[1] sur les vitres du boulet et s'y congèle[2].

Nos trois amis cherchent donc toujours à interroger les ténèbres mais ils n'obtiennent aucune réponse.

– Si jamais nous recommençons ce voyage, affirme Michel, il vaudra mieux choisir l'époque où la Lune est nouvelle.

– En effet, dit Nicholl. Ainsi, si nous sommes entraînés autour de la Lune, comme cela arrive en ce moment, nous pourrons en voir le disque invisible magnifiquement éclairé.

– Si jamais nous recommençons ce voyage, dit Barbicane, nous partirons à la même époque et dans les mêmes conditions. Si nous avions atteint

---

1. Se condenser : se transformer en gouttes d'eau.
2. Se congeler : se transformer en glace.

le but de notre voyage en nous posant sur la Lune, nous aurions pu facilement visiter ce côté invisible que nous sommes en train de longer[1]. Mais pour arriver au but, il ne fallait pas être dévié de notre route.

– Dommage, dit Michel Ardan, nous avons manqué une belle occasion d'observer l'autre côté de la Lune.

Cependant, le boulet continue de suivre dans l'ombre cette trajectoire que les trois voyageurs ne peuvent déterminer.

Pendant la nuit de cette même journée, les amis ne peuvent prendre du repos. Ils se demandent ce qui va se passer et attendent un signe qui leur permettrait enfin de comprendre vers quelle destination le boulet se dirige. De temps en temps, ils retirent la glace sur les vitres pour essayer de voir quelque chose à l'extérieur.

Soudain, alors que Barbicane regarde par le hublot, il voit apparaître une masse énorme. C'est comme une Lune, mais une Lune incandescente[2]. Cette masse, ronde, jette une lumière si forte qu'elle éclaire tout le projectile.

– Mille diables ! s'écrie Michel Ardan. Qu'est-ce que c'est que cette étrange Lune ?

– Un bolide, répond Barbicane.

---

1. Longer quelque chose : avancer au bord de quelque chose.
2. Incandescent : rendu lumineux par une chaleur intense.

– Un bolide enflammé, dans le vide ?

– Oui.

Ce globe de feu est en effet un bolide. Barbicane a raison. D'après lui, il doit avoir un diamètre de deux mille mètres et il s'avance vers le projectile à une vitesse de deux kilomètres à la seconde. Il va l'atteindre en quelques minutes et, en s'approchant, il paraît encore plus immense.

On imagine la situation des voyageurs. Malgré leur courage et leur sang-froid[1], ils sont muets, immobiles, effrayés. Leur projectile, dont ils ne peuvent pas dévier la marche, va se précipiter sur cette masse en feu.

Barbicane saisit la main de ses deux compagnons et tous les trois, horrifiés, voient avancer vers eux cet horrible danger.

Deux minutes après son apparition, la boule de feu éclate comme une bombe, mais sans faire de bruit, au milieu de ce vide où aucun son ne peut se produire.

Nicholl pousse un cri. Ses compagnons et lui se précipitent à la vitre du hublot. Quel spectacle ! Des milliers de fragments[2] lumineux éclairent l'espace. De la masse énorme et effrayante, il ne reste plus que des morceaux de toutes les couleurs – jaunes, rouges, verts, gris –, emportés dans toutes les directions.

---

1. Sang-froid : calme.
2. Fragment : morceau.

Tous ces morceaux s'entrechoquent[1] et se divisent en fragments encore plus petits. L'un d'eux frappe le projectile mais, heureusement, cet incident n'a pas de conséquence.

La lumière qui illumine l'espace est si intense que Michel, entraînant Barbicane et Nicholl vers son hublot, s'écrie :

– L'invisible Lune, visible enfin !

Et tous trois peuvent contempler ce disque mystérieux que l'œil de l'homme aperçoit pour la première fois.

Que voient-ils ? Des montagnes, des cirques*, des cratères*, comme ceux qui existent sur la surface visible. Puis des espaces immenses, des mers...

Tout cela est très rapide car les fragments du bolide s'éloignent bientôt et laissent de nouveau la place aux ténèbres. Mais nos amis peuvent cependant noter toutes leurs impressions, dans l'espoir de pouvoir les faire lire un jour à leurs semblables.

---

1. S'entrechoquer : se choquer l'un contre l'autre.

*L*E PROJECTILE VIENT D'ÉCHAPPER à un terrible danger, mais les trois voyageurs sont heureux d'avoir vécu cette effrayante aventure car ils ont pu contempler un spectacle magnifique.

Il est alors trois heures et demie du soir. Le boulet suit sa trajectoire qui a sûrement dû être encore modifiée par la rencontre avec le météore\*.

Vers cinq heures quarante-cinq du soir, Nicholl signale, vers le bord sud de la Lune et dans la direction suivie par le projectile, quelques points éclatants qui apparaissent sur le fond noir du ciel.

Cette fois, il ne s'agit pas d'un météore et Barbicane s'écrie :

– Le Soleil !

– Quoi ! le Soleil ! répondent Nicholl et Michel Ardan.

– Oui, mes amis, c'est bien lui. Nous approchons du pôle sud de la Lune !

– Après avoir passé le pôle nord, répond Michel. Nous avons donc fait le tour de notre satellite !

– Oui, mon brave Michel !

– Et maintenant, que va-t-il se passer ? demande Michel.

– Eh bien, pour te répondre clairement, je vais te dire deux choses : ou nous allons tourner éternellement autour de la Lune, ou la trajectoire du projectile nous conduit jusqu'au point d'égale attraction, c'est-à-dire là où se neutralisent[1] les influences de la Terre et de son satellite.

– Et une fois arrivés à ce point mort, que deviendrons-nous ? demande Michel.

– C'est l'inconnu ! répond Barbicane.

– Mais on peut faire des hypothèses[2], je suppose ?

– Il y en a deux, répond Barbicane. Ou la vitesse du projectile est insuffisante, et alors il restera éternellement immobile sur cette ligne de double attraction...

– Sans la connaître, j'aime mieux l'autre hypothèse, dit Michel.

– Ou sa vitesse sera suffisante, reprend Barbicane, et il reprendra sa route pour graviter* éternellement autour de l'astre des nuits.

– Tout cela n'est guère plus satisfaisant. Et on ne peut rien faire contre ça ?

– Non. Attendons de voir ce qui se passe.

Pendant ce temps, le projectile a déjà dépassé

---

1. Se neutraliser : devenir neutre, nul.
2. Hypothèse : proposition qui donne une explication possible d'un fait.

le pôle sud et il poursuit sa route. Les rayons du Soleil chauffent enfin le boulet et éclairent la Lune, et nos amis peuvent continuer à la contempler. Mais le projectile avance toujours et s'éloigne de la Lune ; bientôt, elle disparaît à leurs yeux.

Il est clair maintenant que le boulet va se diriger vers le point d'égale attraction dont Barbicane parlait à ses compagnons. Mais quand va-t-il l'atteindre ?

Selon Barbicane, cela se passera à une heure du matin dans la nuit du 7 au 8 décembre. Or, il est en ce moment trois heures du matin de la nuit du 6 au 7 décembre. Si rien ne trouble sa marche, le projectile va atteindre le point neutre dans vingt-deux heures.

Michel Ardan continue à se poser des questions. Optimiste comme il est, il est sûr qu'il y a une solution pour empêcher la réalisation de la deuxième hypothèse émise par Barbicane. Tout à coup, il pousse un cri qui surprend ses deux compagnons.

– Nous sommes vraiment des imbéciles ! dit-il.

– Je ne dis pas non, répond Barbicane, mais pourquoi dis-tu ça ?

– Parce que nous avons un moyen bien simple de réduire cette vitesse qui nous éloigne de la Lune, et que nous ne l'employons pas !

– Et quel est ce moyen ?

– C'est d'utiliser la force de recul renfermée dans nos fusées.

– Intéressant, dit Barbicane. Messieurs, c'est bien la Lune que vous voulez atteindre ?

– En effet, répondent en chœur Nicholl et Michel.

– J'ai remarqué que le projectile tend à ramener son culot[1] vers la Terre, continue Barbicane. Il est probable qu'au point d'égale attraction, son chapeau conique[2] se dirige vers la Lune. À ce moment, on peut espérer que sa vitesse sera nulle. Ce sera l'instant d'agir, et, avec l'aide de nos fusées, peut-être pourrons-nous provoquer une chute directe à la surface de la Lune.

– Bravo ! dit Michel.

Les fusées sont installées pour ralentir la chute du boulet sur la Lune. N'ayant pu les utiliser jusqu'à présent, les courageux amis décident de leur trouver une autre utilité. Quoi qu'il en soit, elles sont prêtes et il n'y a plus qu'à attendre le moment d'y mettre le feu.

– Puisqu'il n'y a rien à faire, dit Nicholl, je fais une proposition.

– Laquelle ? demande Barbicane.

– Je propose de dormir. Voilà quarante heures que nous n'avons pas fermé l'œil.

---

1. Culot : partie inférieure.
2. Conique : en forme de cône, pointu.

Les trois amis vont s'allonger sur leur couchette et s'endorment aussitôt.

Quelques heures plus tard, ils sont de nouveau levés.

Le projectile s'éloigne toujours de la Lune, inclinant de plus en plus vers elle son chapeau conique.

Encore dix-sept heures à attendre avant d'agir.

La journée paraît longue. Mais elle se passe sans incident. Minuit sonne. Le 8 décembre va commencer. Une heure encore et le point d'attraction sera atteint. Les trois hommes sont impatients.

– Une heure moins cinq, dit Nicholl.

– Tout est prêt, répond Michel Ardan en dirigeant une mèche[1] vers la flamme du gaz.

– Attends, dit Barbicane, tenant son chronomètre à la main.

À présent, la pesanteur* ne produit plus aucun effet. Les voyageurs sentent eux-mêmes cette complète disparition. Ils sont très près du point neutre...

– Une heure ! dit Barbicane.

Michel Ardan approche la mèche enflammée d'un appareil qui permet de faire partir les fusées. On n'entend aucune détonation[2] à l'intérieur, mais le projectile subit une secousse que les trois

---

1. Mèche : corde faite d'une matière qui prend facilement feu.
2. Détonation : bruit violent de quelque chose qui explose.

amis ressentent très nettement.

– Tombons-nous ? demande Michel Ardan.

À ce moment, Barbicane, qui regarde par le hublot, quitte la vitre et se retourne vers ses deux compagnons. Il est très pâle.

– Nous tombons ! dit-il.

– Ah ! s'écrie Michel, vers la Lune ?

– Vers la Terre ! répond Barbicane.

– Diable ! s'écrie Michel Ardan. Puis il ajoute : Bon ! en entrant dans ce boulet, nous savions bien qu'il ne serait pas facile d'en sortir.

En effet, cette chute effrayante commence. C'est une chute d'une hauteur de soixante-dix-huit mille lieues.

– Nous sommes perdus, dit froidement Nicholl.

## CHAPITRE IX

*E*H BIEN, LIEUTENANT, et ce sondage[1] ?
– Je crois, monsieur, que l'opération va prendre fin, répond le lieutenant Bronsfield au capitaine Blomsberry.

Le *Susquehanna,* un navire de la marine des États-Unis, s'occupe de faire des sondages dans l'océan Pacifique, à cent lieues environ de la côte américaine.

C'est la fin d'une dure journée de travail et la Lune se lève déjà à l'horizon.

Après le départ du capitaine Blomsberry, le lieutenant Bronsfield va rejoindre quelques officiers sur le pont. Lorsque la Lune apparaît, ils pensent à leurs trois amis.

– Ils sont partis depuis dix jours, dit le lieutenant. Que sont-ils devenus ?

– Ils sont arrivés, mon lieutenant, s'écrie un jeune élève-officier, et ils font ce que fait tout voyageur dans un pays nouveau, ils se promènent !

---

1. Sondage : action d'explorer un endroit avec une sonde (instrument qui sert à mesurer la profondeur de l'eau et à reconnaître la nature du fond).

– J'en suis certain, puisque vous le dites, mon jeune ami, répond le lieutenant en souriant.

La conversation entre les officiers continue jusqu'à environ une heure du matin. Les hommes décident alors de retourner dans leur cabine[1]. Au moment où ils vont se séparer, leur attention est attirée par un sifflement lointain et tout à fait inattendu.

Ils pensent d'abord que ce sifflement est produit par une fuite de vapeur mais, levant la tête, ils constatent que ce bruit vient du ciel.

C'est alors que ce sifflement devient très fort et, soudain, à leur grande frayeur, un bolide énorme, enflammé par la rapidité de sa course, apparaît dans le ciel.

Plus la masse se rapproche, plus elle grandit, et elle finit par s'abattre avec le bruit du tonnerre sur le mât avant du navire qu'elle casse d'un coup ; puis elle disparaît dans les eaux.

Heureusement pour lui, le *Susquehanna* n'a pas plus de dégâts.

À cet instant, le capitaine apparaît sur le pont, à moitié nu, et demande à ses officiers :

– Que s'est-il passé, messieurs ?

Alors l'élève-officier s'écrie :

– Commandant, ce sont « eux » qui reviennent !

L'émotion est grande à bord du navire.

---

1. Cabine : petite chambre dans un bateau.

Officiers et marins oublient le terrible danger qu'ils viennent de courir. Ils ne pensent plus qu'aux trois aventuriers de l'espace.

– Ils sont morts ! dit l'un.

– Ils vivent ! dit l'autre.

– Vivants ou morts, dit un autre, il faut les sortir de là !

Cependant, le capitaine a réuni ses officiers. Il faut agir rapidement et repêcher[1] le projectile. Opération difficile, mais pas impossible. Le navire manque du matériel nécessaire, qui doit être à la fois puissant et précis. On décide donc de le conduire au port le plus proche et d'avertir le Gun-Club de la chute du boulet.

Deux jours après, le *Susquehanna* arrive au port de San Francisco.

\*\*\*

Depuis le départ des trois voyageurs, le secrétaire du Gun-Club, J.-T. Maston, se trouve à l'observatoire qui a été installé dans les montagnes Rocheuses.

Pendant la nuit du 14 au 15 décembre, J.-T. Maston et le directeur de l'observatoire sont en train de scruter[2] l'espace quand, à dix heures

---

1. Repêcher : ici, sortir de l'eau.
2. Scruter : examiner avec une très grande attention; fouiller du regard.

du soir, on leur apporte un télégramme. Il a été envoyé par le commandant du *Susquehanna*.

Le directeur de l'observatoire l'ouvre, lit et pousse un cri.

– Hein ? dit J.-T. Maston.

– Le boulet !

– Eh bien ?

– Il est retombé sur la Terre !

– Et où est-il tombé ? demande Maston.

– Dans le Pacifique !

– Partons.

Un quart d'heure après, les deux hommes quittent l'observatoire et, deux jours plus tard, ils arrivent à San Francisco, en même temps que leurs amis du Gun-Club.

Tous les membres du Gun-Club se réunissent aussitôt pour prendre une décision.

– Que faire ? demande-t-on.

– Repêcher le boulet, répond J.-T. Maston, et le plus tôt possible.

**\* \* \***

L'endroit où le projectile est tombé dans l'eau est exactement connu. Les instruments pour le saisir et le ramener à la surface sont enfin prêts.

J.-T. Maston et les autres membres du Gun-Club sont à bord du *Susquehanna*.

Le 21 décembre, à huit heures du soir, le

navire quitte le port pour se diriger vers l'endroit
où le boulet est tombé dans les eaux.

Le 23 décembre, il atteint son but.

– Enfin ! s'écrie J.-T. Maston.

– Nous allons commencer ? demande le capitaine Blomsberry.

– Sans perdre une seconde, répond J.-T.
Maston.

Toutes les précautions sont prises pour empêcher le navire de bouger. Avant de chercher à saisir le projectile, on décide de voir d'abord où il
est. Les appareils sous-marins destinés à cette
recherche reçoivent alors l'air qui sera nécessaire
à l'opération.

La descente commence à une heure vingt-cinq
du matin. Elle est rapide. À deux heures dix-sept
minutes, J.-T. Maston, ses compagnons et les officiers qui ont pris place dans l'appareil ont atteint
le fond du Pacifique.

Ils explorent les fonds sous-marins mais ne
trouvent rien.

– Mais où sont-ils ? Où sont-ils ? s'écrie J.-T.
Maston.

Et le pauvre homme appelle à grands cris
Nicholl, Barbicane et Michel Ardan.

La recherche continue. Mais il faut bientôt
remonter, car l'appareil va manquer d'air.

Le lendemain, 24 décembre, on recommence
les recherches, mais on ne trouve toujours rien.

La journée du 25 n'amène aucun résultat. Celle du 26 non plus.

Le 28, après deux autres jours de recherches, tout espoir est perdu. Il faut renoncer à chercher le boulet !

Le 29 décembre, à neuf heures du matin, le *Susquehanna* reprend sa route vers le port de San Francisco.

Il est dix heures du matin. Le navire s'est éloigné de l'endroit où est tombé le boulet, quand un marin, qui observe la mer, crie tout à coup :

– Un objet à la mer !

Le commandant Blomsberry, J.-T. Maston et les autres membres du Gun-Club montent sur le pont et examinent cet objet qui flotte sans but sur la mer.

Le navire s'approche de l'objet sur lequel est dressé un drapeau. C'est le drapeau américain !

On entend alors un véritable hurlement. C'est le brave J.-T. Maston qui vient de tomber comme une masse.

On se précipite vers lui. On le relève. Il reprend conscience et dit :

– Ah ! nous sommes de véritables imbéciles !

– Qu'y a-t-il ? demande-t-on.

– Ce qu'il y a, imbéciles, hurle le secrétaire, c'est que le boulet ne devait pas couler mais flotter. Voilà pourquoi nous ne le trouvions pas ! Mais le voici, c'est bien lui !

On met rapidement des barques à la mer. J.-T. Maston monte aussitôt dans l'une d'elles. On s'avance vers le projectile. Que contient-il ? Des vivants ou des morts ? Des vivants, bien sûr, puisqu'ils ont mis un drapeau !

La barque de J.-T. Maston accoste près du boulet.

À cet instant, on entend une voix joyeuse et claire, la voix de Michel Ardan qui s'écrie :

– Blanc partout, Barbicane, blanc partout !

Barbicane, Michel Ardan et Nicholl jouent aux dominos[1].

---

1. Dominos : jeu formé de vingt-huit plaques dont le dessus porte de zéro à six points noirs.

*P*OUR FÊTER LE RETOUR du plus célèbre de ses membres et de ses deux compagnons, le Gun-Club décide d'organiser un banquet[1], mais un banquet digne d'eux où tout le monde peut participer.

Dans toutes les gares de l'État, on a dressé des tables où un repas est servi.

Pendant quatre jours, du 5 au 9 janvier, une seule locomotive circule sur les voies. Dans son seul wagon, elle emporte Barbicane, Nicholl et Michel Ardan de ville en ville, où ils sont reçus triomphalement par tous les habitants attablés[2] à un unique et immense banquet.

Et maintenant, cette tentative réalisée pour la première fois va-t-elle donner un résultat pratique ? Établira-t-on un jour des communications directes avec la Lune ? Ira-t-on d'une planète à une autre ?

À ces questions, on ne peut encore répondre, mais il est certain que l'extraordinaire aventure de nos trois héros aura de nombreuses suites.

---

1. Banquet : repas de fête quand on célèbre un évènement important.
2. Attablé : assis à table.

# Termes d'astronomie et de géographie

**Astre** : corps qu'on peut voir dans le ciel (étoile, planète, satellite...)

**Astronome** : personne qui étudie les astres.

**Bolide** : météore qui traverse le ciel à grande vitesse.

**Cirque** : un cirque a la forme d'un demi-cercle et est entouré de hauts murs rocheux ; cette forme de relief est due à l'action d'anciens glaciers.

**Constellation** : groupe d'étoiles qui a une forme particulière, facile à reconnaître (par exemple la constellation de la Grande Ourse, celle du Lion...)

**Cratère** : trou situé en général à la partie supérieure d'un volcan ; les flammes du volcan sortent par le cratère.

**Équateur** : grand cercle situé à égale distance des deux pôles, qui divise une sphère en deux parties égales appelées hémisphère nord et hémisphère sud.

**Firmament** : ciel.

**Gravitation** : la gravitation est une force physique qui fait que deux corps s'attirent : par exemple, dans le système solaire, les neuf planètes, dont la Terre, attirées par le Soleil, gravitent (ou tournent) autour de lui.

**Graviter** : tourner autour d'un astre.

**Hémisphère** : chacune des deux moitiés d'une sphère (sphère céleste, sphère terrestre) limitée par l'équateur.

**Latitude** : distance qui sépare n'importe quel point de la Terre de l'équateur. La latitude est donnée en degrés.

**Météore** : corps céleste qui traverse l'atmosphère terrestre.

**Orbite** : trajet que décrit une planète, un satellite ou un autre corps céleste (par exemple, la Terre parcourt son orbite autour du Soleil en 365 jours 6 h 9 mn).

**Parallèle** : les parallèles sont des cercles situés au nord et au sud de l'équateur et qui sont parallèles à lui. Ils servent à déterminer la latitude.

**Pesanteur** : force qui attire les corps vers le centre de la Terre.

**Pôles** : les pôles sont les extrémités nord et sud de l'axe de rotation d'une sphère.

**Satellite** : corps qui gravite autour d'une planète (la Lune est le satellite de la Terre).

# Les instruments

**Baromètre** : avec un baromètre, on peut savoir le temps qu'il va faire, car il mesure la pression atmosphérique, c'est-à-dire le poids de l'air, sur un point déterminé de la surface terrestre.

**Chronomètre** : avec un chronomètre, on peut savoir combien de secondes ou de minutes on met à faire quelque chose (pour mesurer le temps dans une course d'athlètes, on utilise un chronomètre).

**Lunette** : avec une lunette, on peut voir les objets éloignés plus près et plus gros.

**Télescope** : avec un télescope, on peut observer le ciel, les étoiles...

**Thermomètre** : avec un thermomètre, on peut savoir la température qu'il fait.

# 1) Répondre par vrai ou faux.

**a)** Le but du voyage des trois hommes est de tourner autour de la Lune.

**b)** Au moment du départ du boulet, les trois voyageurs sont en train de déjeuner.

**c)** Les parois du boulet n'ont pas souffert du choc du départ.

**d)** Les trois voyageurs s'évanouissent à cause d'une étourderie de Michel Ardan.

**e)** Le 6 décembre, à minuit, le boulet se pose enfin sur la Lune.

**f)** Barbicane et ses compagnons ignorent comment ils vont revenir sur la Terre.

**g)** Michel Ardan est un homme qui se décourage facilement.

**h)** Avant d'être sauvés, les trois hommes passent plusieurs jours au fond de l'océan Pacifique.

# 2) Chercher l'intrus dans les séries suivantes.

Jupiter - Mars - Vénus - Avril - Saturne.
Table - avion - train - navire - voiture.

Heure - bruit - minute - seconde - semaine.
Genou - main - bras - pain - doigt.

# 3) Résoudre les devinettes puis compléter la grille.

1. La Lune est celui de la Terre.
2. Plusieurs étoiles en forment une.
3. La Lune est celui des nuits.
4. Sans lui, pas de lumière et plus de chaleur.
5. Ce sont des corps célestes solides et de forme ronde qui tournent autour d'une étoile.

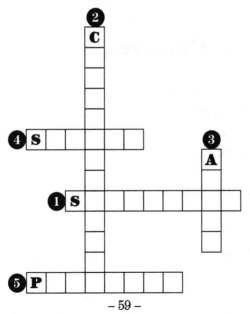

# 4) Remettre le dialogue en ordre.

– Qu'est-ce que tu fais, dimanche prochain ?
– Bonjour, Pierre, ça va ?
– Et c'est bien ?
– Bon, alors, j'irai avec toi ! À quelle heure ?
– Ça va.
– Je ne sais pas, pourquoi ?
– Parfait. Au revoir.
– Parce qu'il y a un film au cinéma sur une histoire d'extra-terrestres.
– Oui, c'est génial !
– À quatre heures.

# 5) Choisir la bonne réponse.

Le Gun-Club est un cercle d'
☐ astronomes
☐ artilleurs
☐ artistes

Michel Ardan est un
☐ physicien
☐ médecin
☐ aventurier

Les trois voyageurs ont une réserve d'eau pour

- ❏ 4 mois
- ❏ 6 mois
- ❏ 2 mois

Ils emportent avec eux des

- ❏ baromètres
- ❏ pluviomètres
- ❏ altimètres

Le boulet tombe dans l'océan

- ❏ Atlantique
- ❏ Indien
- ❏ Pacifique

Pour fêter leur retour, les trois héros se promènent dans tout le pays en

- ❏ voiture
- ❏ montgolfière
- ❏ train

Le boulet est lancé le

- ❏ 1er janvier
- ❏ 1er décembre
- ❏ 1er novembre

**1)** a) Faux ; b) Faux ; c) Vrai ; d) Vrai ; e) Faux ;
f) Vrai ; g) Faux ; h) Faux.

**2)** Avril (ce n'est pas une planète).

Table (ce n'est pas un moyen de locomotion).

Bruit (ce n'est pas une mesure de temps).

Pain (ce n'est pas une partie du corps).

**3)** 1. satellite - 2. constellation - 3. astre - 4. soleil -
5. planètes.

**4)** – Bonjour, Pierre, ça va ?

– Ça va.

– Qu'est-ce que tu fais, dimanche prochain ?

– Je ne sais pas, pourquoi ?

– Parce qu'il y a un film au cinéma sur une histoire
d'extra-terrestres.

– Et c'est bien ?

– Oui, c'est génial !

– Bon, alors j'irai avec toi ! À quelle heure ?

– À quatre heures.

– Parfait. Au revoir.

**5)** artilleurs - aventurier - baromètres - Pacifique -
train - 1er décembre.

Solutions

Édition : Martine Ollivier

Couverture : Michèle Rougé
Illustration de couverture : illustration de couverture de
*Round The Moon*, éditions Ward Loch, Londres (1958).
Collection JONAS/ Kharbine-Tapabor.
Coordination artistique : Catherine Tasseau

Illustrations de l'intérieur : Dominique Bertail
P. 3 : portrait de G. Sand / Archives Nathan

Recherche iconographique : Gaëlle Mary

Réalisation PAO : Marie Linard

N° de projet 10127539 - Septembre 2005

Imprimé en France par l'imprimerie France Quercy - 46000 Cahors
N° d'impression : 52228F